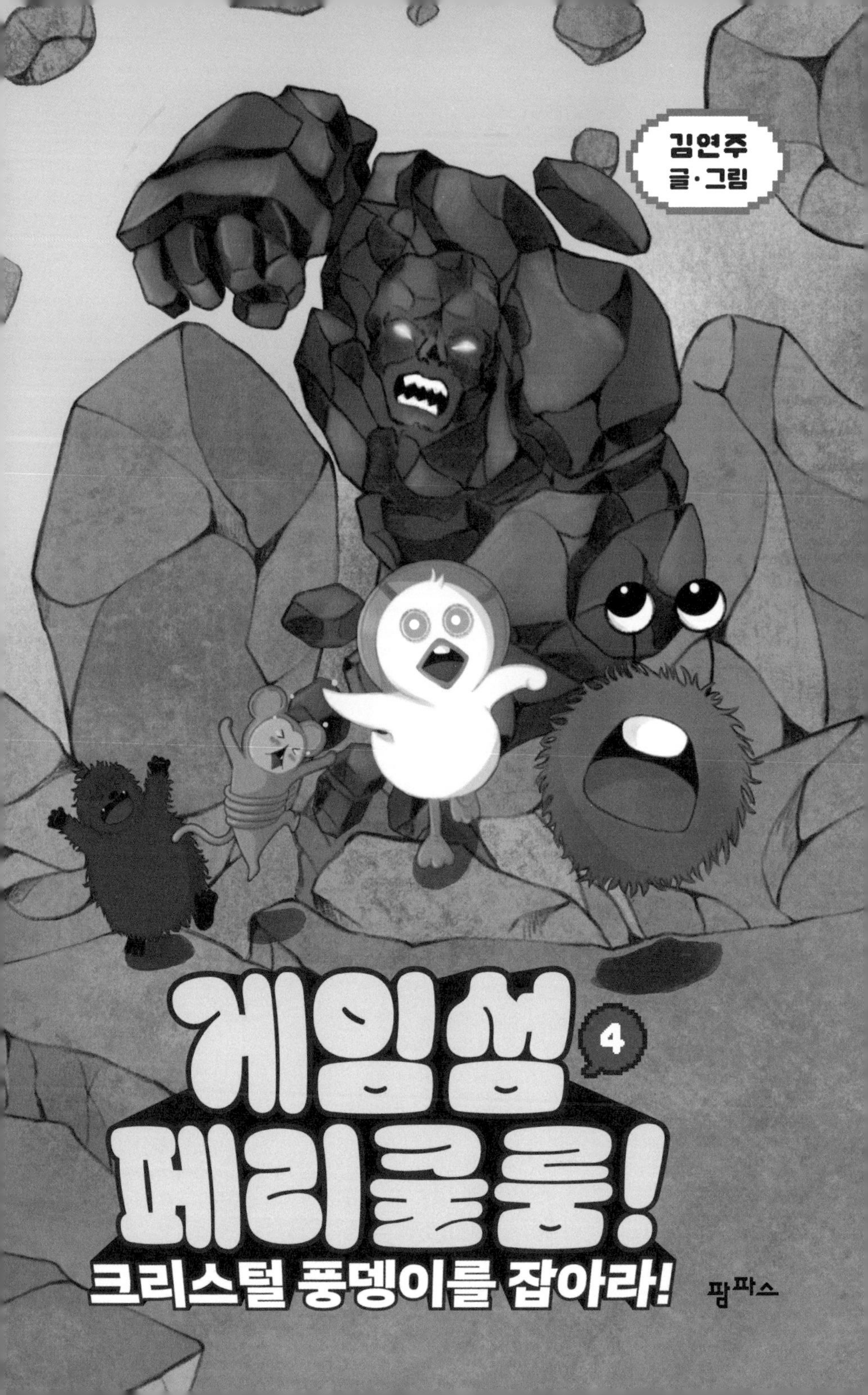
김연주
글·그림
게임 섬 페리골룸! 4
크리스털 풍뎅이를 잡아라!
팜파스

# 이 책의 주인공들

아주 어릴 때부터 딸기우유를 너무너무 좋아했
던 핑덕이는 어느 날 갑자기 부리와 두 다리가
딸기우유 색으로 변해 버렸다. 여행과 모험을
좋아하고 축구와 게임을 즐기는 아주 유쾌한
성격을 가졌지만, 가끔 너무 깊은 생각에 우물
쭈물하는 면도 있고, 잘 삐지기도 한다.

안녕~

그쪽으로
찬다~

신난다~
여름이다!

핑덕이표
딸기우유

겨울은 추워서
싫어

♥ 좋아하는 것 - 딸기우유, 여행, 모험, 축구, 게임, 여름, 물놀이
♡ 싫어하는 것 - 흰 우유, 큰 소리, 추위, 악몽, 거짓말

## 보리

연보라색의 부드러운 털을 가진 동그란 공 모양 의 보리는 봄 햇살을 받으며 낮잠 자는 걸 제 일 좋아하고, 울보라는 별명을 가졌을 만큼 툭 하면 눈물을 보이고 겁도 엄청 많아서 모든 일 에 소심한 성격이며 변덕이 심한 편이다. 화가 나면 몸이 짙은 빨간색으로 변하면서 커지고, 털들이 가시로 변하는 능력이 있으며 아주 좋은 시력을 갖고 있다.

♥ 좋아하는 것 – 봄, 낮잠, 큰 꽃, 이슬, 사과, 눈 오는 날
♡ 싫어하는 것 – 천둥, 번개, 어둠, 비 오는 날, 무서운 이야기, 심한 장난

5

# 이 책의 주인공들

오늘은 또 무슨 장난을 칠까~?

## 모몽

자유자재로 늘어나는 긴 꼬리를 가진 원숭이 모몽은 마을에서 유명한 장난꾸러기다. 성격은 매우 급하고, 언제나 웃는 얼굴이며 말이 많고 진지한 구석은 없어 보이지만, 남들과 다른 꼬리 때문에 고향을 떠나왔으며 그로 인한 마음의 상처가 있다.

완전 신난다~

책 읽기 시작한 지 3분 후...

으갸갸갸~ 너무 웃겨~

까꿍~!

♥ 좋아하는 것 - 장난치는 것, 장난칠 계획을 세우는 것, 장난칠 장소를 찾는 것
♡ 싫어하는 것 - 얌전하게 있기, 조용히 있기, 책 읽기, 숙제

6

## 코코

원래는 식물을 연구하는 토끼였지만, 지금은 큰 몸과 길고 거친 털이 온몸을 감싼 괴물의 모습으로 변했다. 늘 당당하고 자신감 넘치던 성격이었으나, 괴물로 변한 후 소심하고, 걱정이 많은 성격으로 변해 버렸다.

책 읽는 게 제일 좋아

우울~

짜라짜라 짜잔~~

먹기 전

먹은 후

몬스터 캔디

엔젤 아이

먹은 후

먹기 전

♥ 좋아하는 것 – 식물 연구, 책 읽기, 노래하기, 일기 쓰기
♡ 싫어하는 것 – 달리기, 진흙, 장마

7

# 페리쿨룸 섬 게임 안내서

이 섬은 총 5단계로 나누어진 섬들로 이루어져 있다.

1~2단계 섬은 초급, 중급, 3~4단계 섬은 고급 등급으로 나뉘며 마지막 5단계 섬은 최고 등급이다.

단계마다 미션을 성공해서 아우라 스톤을 모아야 하며, 모은 아우라 스톤을 가지고 단계별 관문을 지키는 문지기 트롤과의 승부에 유리한 능력이 있는 엠버와 교환한다.

☞ 미션에 실패하거나, 문지기 트롤과의 승부에서 졌을 경우 게임은 바로 종료된다.

# 아우라 스톤

 **빨강**
순간적인 불을
일으킨다.

 **주황**
많은 물을
증발시킨다.

 **노랑**
번개를 내리칠 수
있다.

 **초록**
나무나 꽃을
거대하게 키운다.

 **파랑**
파도를 불러온다.

 **남색**
돌풍을 일으킨다.

 **보라**
안개를 퍼트린다.

 **흰색**
눈보라를 일으킨다.

 **검정**
태풍을 불러온다.

 **투명**
폭우를 내린다.

10개의 색으로 나누어져 있으며 색깔별로 자연적인 힘을 불러와서 딱 한 번 쓸 수 있다. 힘을 쓴 아우라 스톤은 회색으로 변하고 사라진다. 힘을 쓰지 않고 색을 잃지 않은 아우라 스톤만 아이템 가게에서 사용할 수 있다.

## 엠버

밝은 황색을 띠고 있는 보석이며, 위에는 다양한 문양이 새겨져 있다.

문양에 따라 능력이 다르며 엠버는 단계별 섬마다 개수와 능력이 다르게 준비되어 있다.

# 번쩍번쩍 도형 카드

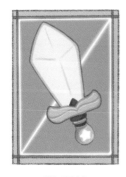

별 모양
전투 능력

원 모양
방어 능력

삼각형 모양
탈출 능력

게임섬 곳곳에 숨겨져 있는 보너스 카드다. 카드 하나의 능력은 작지만, 5개 이상 가지고 있으면 전투, 방어, 탈출 능력이 커지기 시작하고 사용한 후에도 힘은 사라지지 않기 때문에 많이 모을수록 좋다.

## 몬스터 소환카드

3단계와 4단계 섬의 골든 미션을 성공하면 주어지는 보너스 카드

# 현재 핑덕이와 친구들의 레벨과 능력 상태

## 핑덕 >>>>> 레벨 7

* 체력, 전투 능력　5　　* 방어, 탈출 능력 7
* 보유 아이템/아우라 스톤 10　* 몬스터 소환카드 0

## 모몽 >>>>> 레벨 6

* 체력, 전투 능력　6　　* 방어, 탈출 능력 7
* 보유 아이템/아우라 스톤 12　* 몬스터 소환카드 0

## 보리 >>>>> 레벨 8

* 체력, 전투 능력　5　　* 방어, 탈출 능력 8
* 보유 아이템/아우라 스톤 12　* 몬스터 소환카드 0

## 코코 >>>>> 레벨 9

* 체력, 전투 능력　8　　* 방어, 탈출 능력 9
* 보유 아이템/아우라 스톤 12　* 몬스터 소환카드 0

## 4

4단계 섬으로 들어온 핑덕이와 친구들은 공중에 떠 있는 노란색의 좁은 길을 따라 걸었다.

길을 따라 걷고는 있었지만 지금 발을 내딛고 있는 곳이 바닥인지는 확실하지 않았다. 어디가 위인지 아래인지, 앞과 뒤, 왼쪽과 오른쪽의 구분도 어려운 이상한 공간이었는데, 마치 무중력 상태의 커다란 공 속을 빙글빙글 돌고 있는 것 같았다.

핑덕이와 친구들은 아무 말 없이 빨리 4단계 섬의 모습이 나타나길 기다렸지만, 한동안 아무 일도 일어나지 않았고, 핑덕이와 친구들은 계속 길을 따라 걸었다. 드디어 저 앞에 누군가 서 있는 것이 보이고, 서로의 얼굴이

보일 정도로 가까이 다가서자 그가 먼저 인사를 한다.

"안녕하세요~. 드디어 이렇게 여러분을 만나게 되었군요. 정말 반갑습니다."

넓은 챙과 끝이 길고 뾰족한 노란색의 모자를 쓰고, 긴 망토를 입은 정체불명의 목소리를 듣자 핑덕이와 친구들은 일제히 눈을 반짝인다.

"어? 이 목소리는!"

"게임 설명 목소리다!"

"진짜다, 진짜. 그 목소리야~!"

익숙한 목소리에 너도나도 한마디씩 하며 반가워하자, 그는 빙긋이 미소를 지으며 말을 이어 나갔다.

"맞습니다. 제 이름은 디코. 페리쿨룸섬 게임의 시작을 알려주고, 게임을 설명하는 일을 맡고 있습니다. 최종 단계 진입 전인 4단계 섬의 게임 룰과 미션 등을 알려주기 위해 직접 왔습니다."

"와아~ 안녕하세요, 디코 님! 정말 반갑습니다."

핑덕이와 친구들은 모두 일제히 입을 모아 크게 인사

를 했다. 알고 있었던 건 목소리뿐이었지만, 이렇게 실제로 만나게 되니 마치 아주 오래전부터 알고 있었던 친구 같은 느낌이 들어 너무나 신기하고 기뻤다.

얼굴에 한가득 미소를 띠며 자신을 빙 둘러싸고 있는 핑덕이와 보리, 모몽이와 코코의 얼굴을 바라보던 디코가 망토 속에 숨겨져 있던 오른팔을 들어 손바닥을 펼쳤다. 그러자 게임 시작 버튼이 나타났고, 진지한 목소리로 4단계 섬의 게임에 대해 설명하기 시작한다.

"자, 이제 4단계 섬에서 여러분이 성공해야 하는 미션을 알려드리겠습니다."

디코의 말에 들떠 있던 핑덕이와 친구들도 마음을 가라앉히고 디코의 말에 귀를 기울였다.

"우선 이 섬에서는 앞선 1, 2, 3단계와는 다르게 제한 시간이 있습니다. 제한 시간은 3시간이며, 그 시간 안에 마지막 미션이자 골든 미션인 크리스털 풍뎅이를 잡아 아이템 가게로 가져와야 합니다."

생각하지 못했던 제한 시간, 그리고 결코 길지 않은 3시간이라는 말에 핑덕이와 보리, 모몽, 코코는 당황했다.

"3시간이요? 그건 너무 짧은 것 같아요~."

"시계가 없는데 시간을 어떻게 알아요?"

"시간을 좀 더 주시면 안 돼요?"

"크리스털 풍뎅이가 뭐예요?"

쏟아지는 질문들에 디코는 천천히 대답해 주었다.

"시간은 더 줄일 수도 늘릴 수도 없으며, 이 시작 버튼을 눌러 게임이 시작되면 버튼이 시계로 변해 여러분을 따라다니면서 남은 시간을 알려줄 것입니다. 그리고 크리스털 풍뎅이는 보자마자 알게 될 것이니 걱정하지 마세요."

단호한 디코의 대답에 기가 죽은 친구들. 이런 모습에 살짝 미소를 띠며 디코는 다음 설명을 이어 나간다.

　　"미션에 성공하면 이 섬을 지키고 있는 킹 스톤 몬스터의 소환카드와 함께 최종 단계 섬으로의 자동 진입권, 그리고 그 섬의 주인인 붉은 용이 살고 있는 성의 정보와 비밀통로를 알려주는 지도, 마지막으로 용을 잠들게 할 수 있는 수면 가루까지 얻게 됩니다."


　　"얘들아, 들었어? 요… 용이래…."

　　보리는 4단계 섬의 일보다 아직 갈 수 있을지, 없을지도 모르는 최종 단계 섬의 용을 미리 걱정하며 눈물을 글썽이자, 핑덕이가 보리를 토닥이며 문제없을 것이라는 듯 웃어 보인다.

　　이런 모습을 지켜보던 디코는 슬쩍 미소를 짓고는 말한다.

　　"4단계까지 진입하신 게이머분들에게는 각각 맞는 능력이 아이템으로 지급됩니다."

"능력 아이템이요? 그게 뭔가요?"

디코의 말에 모두가 호기심 가득한 표정으로 묻자, 디코는 왼손을 들어 손가락을 튕겼다. 그러자 핑덕이는 오른쪽 날개에, 모몽이는 왼쪽 가슴 위에, 코코는 오른손등에, 보리는 이마에 작은 별 모양이 빛을 내며 생겼다.

"우와아아~~."


각자 자기 몸에 생긴 별 모양에 놀라워할 때, 디코는 침착한 목소리로 사용법을 알려주기 시작한다.

"핑덕이 씨는 로켓이 쏘아 올려지듯 순간적인 파워로 엄청난 높이를 뛰어오를 수 있는 능력이며, 모몽 씨는 꼬리뿐만 아니라 온몸이 강철 고무처럼 단단해지면서 늘어나는 능력입니다.

코코 씨는 지금 가지고 있는 힘
을 100배로 키울 수 있으며, 보
리 씨는 빛처럼 빠른 움직임과 몸
을 투명하게 변화시킬 수 있는 능력
입니다.”

핑덕이와 친구들은 디코의 설명에 놀라 잠시 멍한 채
서 있다가 곧바로 너도나도 기뻐하며 함성을 질렀다.

“얘들아, 들었니? 나 하늘 높이 솟아오를 수 있대. 내
가 하늘을 날다니 믿을 수 없어!”

핑덕이가 연신 날갯짓을 하며 크게

떠들자 모몽이도, 코코도, 보리도
자기가 갖게 된 능력에 주위를
방방 뛰며 크게 기뻐했다.

“자자, 여러분! 잠시 진정하
세요~. 이 능력은 4단계 섬으
로 진입했을 때 발동되고, 사용
할 때마다 모아 두었던 번쩍번쩍

도형 카드는 소멸합니다. 모든 카드가 없어지면 그때부터 한 번씩 사용할 때마다 체력이 급속도로 떨어지니 주의하세요!"

디코는 흥분한 핑덕이와 모몽, 코코, 보리를 진정시키면서 말을 이어 나갔다.

"사용 방법은 능력이 필요한 시점에서 별 모양을 터치하면 바로 실현되니 꼭 기억해 두시길 바랍니다."

"네~ 알겠습니다. 꼭 기억할게요."

처음으로 갖게 된 능력에 친구들은 너무 기쁘고 궁금한 나머지 좀전의 걱정은 까맣게 잊고 어서 빨리 4단계 게임이 시작되길 바라고 있었다.

"그럼 여러분, 지금부터 4단계 섬의 게임을 시작하겠습니다. 준비되셨나요?"

디코가 손바닥에 올려진 게임 버튼을 친구들 앞으로 내밀며 묻자, 핑덕이와 친구들은 서로의 얼굴을 쳐다보고는 다 같이 큰 소리로 대답했다.

"네~ 준비됐습니다!"

“좋습니다. 자, 이제 버튼을 눌러 주세요!”

디코의 말에 아직 한 번도 시작 버튼을 누른 적 없는 핑덕이가 두 손을 모아 꾹 하고 버튼을 누른다.

그러자 ‘띠링~’ 하는 게임 시작 알림 소리와 함께 디코는 사라지고, 순식간에 주위의 풍경은 많은 나무로 이루어진 울창한 숲으로 변했고, 그 가운데 큰 바위들로 이루어진 동굴의 입구가 보였다.


“이 동굴로 들어가면 되는 건가?”

모몽이가 주위를 둘러보며 말하자,

“그런 것 같아. 그리고 위를 봐! 시계가 나타났어.”

핑덕이가 한쪽 날개를 들어 공중에 떠서 남아 있는 시간을 표시하고 있는 시계를 가리켰다.

“얘들아, 서두르자! 시간이 많이 없어.”

코코가 앞장서며 동굴 입구로 향하자, 그 뒤로 친구들이 바짝 붙어 따라 들어갔다.

동굴의 안은 생각보다 크고 어두웠으며, 조용했다.

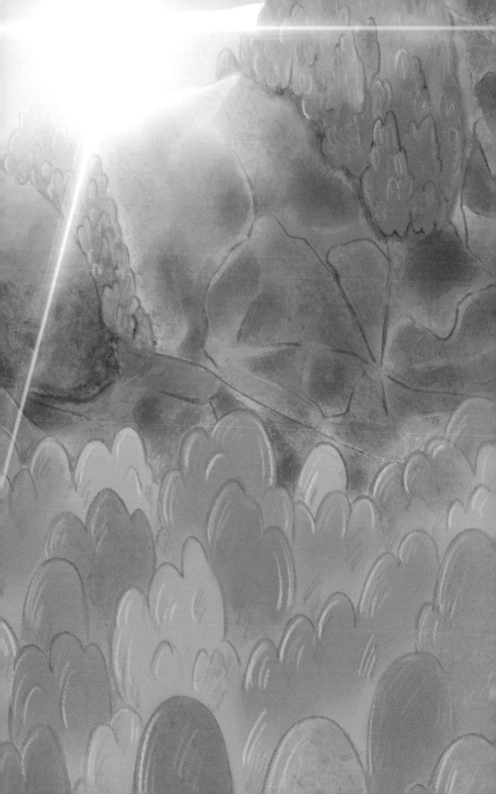

한참을 안으로 걸어 들어온 것 같은데 아직 위험한 느낌은 들지 않았다. 다만 바닥이 온통 질척거리는 진흙이어서 발과 다리가 진흙으로 엉망이 되었다.

"점점 걷기가 힘들어져."

핑덕이가 푹푹 빠지는 진흙에서 힘겹게 발을 뺀다.

"정말이야. 설마 앞에는 완전 늪처럼 되어 있는 건 아니겠지?"

코코가 깊이 빠진 발을 빼려 안간힘을 쓰던 모몽이를 들어 올리면서 걱정스럽게 말할 때, 코코 머리 위에 앉아 있던 보리가 작게 속삭인다.


"쉿~! 애들아, 저 앞쪽에서 움직이는 그림자들이 보여."

보리의 말에 핑덕이와 모몽, 코코는 재빨리 동굴 벽으로 붙어 큰 바위 뒤에 몸을 숨겼다.

잠시 후 동굴 안쪽에서 '우기기 끼끼' '꺼거 기기끼' 같은 이상한 소리가 들려왔다. 소리가 점점 커지면서 검과 창을 든 병사 3명이 삐걱거리며 앞을 지나가는 모습이

보였다.

　그들은 모두 살점 하나 없는 해골과 뼈만으로 이루어
져 있었지만, 무섭다는 생각보다는 우스꽝스러운 느낌
이 더 컸다. 해골 병사들은 작은 키와 덩치에 비해 몸에
걸친 투구와 갑옷들이 너무 커서 움직일 때마다 투구는

덜거덕거리고, 바지는 계속해서 엉덩이뼈 아래까지 흘러 내렸다. 그리고 각자 손에 하나씩 들고 있는 무기들도 귀여운 장난감 같은 크기였다.

그러면서 자기들끼리 무슨 재미있는 농담을 주고받는 건지 그중 한 명이 크게 웃다가 턱뼈가 빠져 바닥에 떨어졌다. 그러자 느릿느릿 주워 다시 끼워 넣는 모습은 마치 옛날 개그 프로를 보는 것처럼 웃겼다.

"얘… 얘들아, 나… 너무 웃겨…. 큭큭큭."

웃음이 제일 많은 모몽이 자신의 입을 틀어막으며 터져 나오는 웃음을 억지로 참고, 다른 친구들도 역시 새어 나오는 웃음을 어찌할지 몰라서 빨리 저 3명이 멀리 사라지기만을 바라고 있었다. 그러나 더 이상 웃음을 참지 못한 모몽이가 크게 웃어 버리고 만다.

"캬캬캬~~~ 저게 뭐야~. 완전 바보들이잖아~. 캬캬캬."

"으앗! 모몽아~."

코코가 얼른 모몽이의 입을 막았다. 하지만 지나가던 해골 병사들이 이 소리를 듣고 바위 뒤에 숨어 있던 핑덕이와 친구들을 찾아냈다.

"어… 어떡하지, 얘들아? 도망칠까?"

보리가 울먹거리며 물었지만, 금방 대답은 들려오지 않았다.

그때 코코가 친구들을 바라보며 말한다.

"왠지 내가 다 이길 수 있을 것 같아."

코코는 웅크리고 있던 몸을 일으켜 해골 병사들 앞에 섰다. 자신들보다 큰 코코를 보자 살짝 당황한 듯 해골 병사들은 뒤로 물러섰지만, 금방 3명 모두 작은 검과 창을 휘두르며 코코를 공격한다.

하지만 코코는 예상보다 너무나 간단하고 빠르게 해골 병사 3명을 처리해 버렸다.

너무나 쉽게 제압해 버려서 어이가 없을 정도였다.

"이게 뭐야? 지금 우리 4단계 섬에 있는 거 맞지?"

보리가 좀전의 두려움을 잊은 채 웃으며 친구들에게 묻자, 모두가 크게 웃는다.

"뭐가 이렇게 쉬워? 푸하하하~."

"이번 게임은 보너스 같은 건가?"

"우리 정말 세졌나 봐~!"

핑덕이와 친구들은 모두 기뻐하며 처음 동굴로 들어왔을 때와는 다르게 가슴과 어깨를 펴고 자신감 가득한 얼굴로 동굴 깊숙한 곳으로 당당하게 걸어 들어갔다.


그렇게 핑덕이와 친구들의 뒷모습이 거의 보이지 않을 때쯤 코코의 주먹 한 방에 널브러진 해골 병사들이 천천히 움직이기 시작했다. 다시 몸을 일으킨 해골 병사들은 친구들이 사라진 동굴 안쪽을 쳐다보다 끼긱 소리를 내면서 동굴 바닥과 벽 안쪽으로 파고 들어갔다.

그러자 잠시 후 주위의 모든 바닥과 벽면이 꿈틀거리더니 땅속에서부터 무엇인가가 핑덕이와 친구들을 뒤쫓아 가기 시작한다.

그사이 동굴 바닥이 뻥 뚫린 곳까지 오게 된 핑덕이와 보리, 모몽, 코코는 난간의 비좁은 절벽 길에 몸을 바짝 붙이고 조심스럽게 걸음을 옮기고 있었다.

"도대체 크리스털 풍뎅이는 어디에 있는 걸까?"

핑덕이의 물음에 코코의 어깨에 올라앉아 있던 보리가 끝이 보이지 않는 바닥을 내려다보며 "설마… 저 아래에 있는 건 아니겠지?" 하며 말을 이어 나갈 때쯤, 기대고 있는 동굴 벽에서 진동이 느껴졌다.


"얘들아, 벽에서 진동이 느껴져."

"벽뿐만 아니라 바닥도 울리고 있어!"

갑작스러운 상황에 모두가 본능적으로 앞으로 뛰기 시작했다.

그리고 그때 뒤에서 '푸화아아악~' 하는 큰 소리와 함께 벽면과 바닥을 뚫고 수많은 해골 병사가 쏟아져 나왔다.

"으아악~ 저게 뭐야~~~."

너무 놀란 핑덕이와 친구들은 벌어진 입을 다무는 것도 잊은 채 온 힘을 다해 도망쳤다. 동굴 안의 벽면과 바닥에서는 헤아릴 수 없을 만큼 많은 해골 병사들이 쏟아져 나왔고, 더 이상 귀엽게 보이지 않는 작은 검과 창을 휘두르며 도망치는 핑덕이 일행을 향해 떼 지어 달려들었다.

핑덕이와 친구들은 쉬지 않고 뛰었지만, 앞쪽 벽면에서도 한 무리의 해골 병사들이 튀어나오면서 그 충격으로 길이 무너져 내렸고, 친구들 모두 끝이 보이지 않는 구덩이 안으로 떨어져 버린다.

"으아아악~~."

"살려줘~~~."

"끼아아아악~~."

"엄마~~~~."

- - - - - - - -

"으, 머리야."

제일 먼저 정신을 차린 핑덕이가 힘겹게 눈을 뜨고 몸을 일으키며 주위를 살핀다.

"진흙 위로 떨어져서 무사했구나."

핑덕이의 말처럼 떨어진 곳의 바닥 전체가 질척이는 진흙으로 가득했고, 벽면 사이사이 가느다란 물줄기가 흘러내리고 있었다.

높은 천장에서 스며드는 빛으로 간신히 가까운 곳에 있는 것들만 보일 정도로 어두운 곳이었다.

"핑덕아~."

한쪽 어둠 속에서 핑덕이를 부른다. 코코의 목소리였다.

"코코야, 무사했구나."

핑덕이가 반가움에 진흙 속에서 벌떡 일어난다. 그리고 곧바로 모몽이의 목소리가 들려온다.

"얘들아, 나 좀 구해줘~."

코코와 핑덕이가 목소리를 따라가 거꾸로 진흙에 박혀 있는 모몽을 빼낸다. 셋 모두 진흙으로 온몸이 엉망이었지만 아무도 다친 곳 없이 무사했기에 기뻤다.

하지만 그때, "그런데 보리는?" 핑덕이의 물음에 코코와 모몽은 잠시 놀라 서로의 얼굴을 쳐다보다 모두 보리의 이름을 부른다.

"보리야~."

"보리야, 어디에 있어? 대답해~."

"보리야~."

너도나도 정신없이 친구의 이름을 부를 때 위에서 보리의 목소리가 들려온다.

"애들아~! 나, 여기 있어."

보리의 목소리에 모두 위를 쳐다본다. 그때 모몽이가 벽면 한쪽에 있는 보리를 발견한다.

"저기다, 저기! 저 위에 삐쭉 솟아 나온 돌 위에 보리가 있어."

"정말이네. 보리야~ 어디 다친 데는 없니?"

친구들이 걱정하며 묻자, "응 다친 곳은 없어."

모두가 절벽 아래로 떨어질 때 가벼운 보리는 바람에 밀려 작은 난간 같은 곳에 떨어진 것이었다. 이제 보리를 어떻게 아래로 내려오게 할 것인지를 핑덕이와 모몽, 코코는 생각해 본다.

"보리야, 그냥 뛰어내려~. 여기 바닥은 진흙이라 괜찮아."

모몽이가 한쪽 발을 들어 질척이는 진흙 바닥을 휘젓는 시늉을 하며 큰 소리로 말한다.

"진흙? 그래도 난 너무 무서운데…."

겁 많은 보리가 망설이자 이번에는 코코가 크게 외친다.

"바닥에 닿기 전에 내가 받을게. 걱정하지 말고 뛰어내려, 보리야~."

코코의 말에 용기를 얻은 보리가 뒤로 살짝 물러서며 뛰어내릴 준비를 할 때, 모몽이와 코코 뒤에 서 있던 핑덕이가 갑자기 보리를 향해 소리쳤다.

"보리야, 잠깐만! 네 위쪽에 뭔가 반짝거리는 게 있어."

으아아

핑덕이의 말에 모몽, 코코
는 물론 보리도 뒤를 돌
아 벽면의 위를 살펴본
다. 그러자 진짜 조금 떨
어진 위에 반짝이는 빛을 내
는 돌멩이 같은 것이 있었다.

"어디? 어, 진짜다! 저건 뭘까?"

궁금증을 이기지 못하고 보리가 벽의 돌출된 부분을
밟고 튀어 올라 반짝이는 곳까지 가보니, 그곳에는 투명
한 보석으로 만들어진 풍뎅이가 있었다.

"우와, 애들아~. 여기 크리스털 풍뎅이가 있어~!"

보리는 크리스털 풍뎅이를 보고 크게 기뻐하며 서둘러 앞니로 박혀 있는 크리스털 풍뎅이를 빼내려 했지만 생각보다 단단하게 박혀 있었다. 그렇게 여러 번 시도하다 드디어 뽁~ 소리를 내며 빠진 크리스털 풍뎅이와 보리가 밑으로 떨어진다.

"으아악~ 코코야~."

보리의 큰 소리에 밑에서 기다리던 코코가 얼른 두 손을 뻗어 크리스털 풍뎅이와 보리를 받아냈다.


그렇게 손에 넣은 크리스털 풍뎅이는 보리보다 조금 더 작고 무거웠으며 아름다운 빛을 내며 반짝거렸다.

"우와! 우리가 크리스털 풍뎅이를 찾았어. 일이 술술 풀리는데?"

모두가 기뻐하며 말하자, 크리스털 풍뎅이를 빼내려다 앞니가 빠질 뻔한 보리도 웃으며 "역시 나밖에 없지?" 하며 으스댔다. 그러자 핑덕이와 코코, 모몽이도 모두 보리가 최고라며 추켜세워 준다.

그때 시간을 확인한 핑덕이가 친구들에게 말한다.

"애들아, 시간을 봐봐. 아직 1시간 반 넘게 남았어. 동굴 밖으로 나가서 아이템 가게만 찾으면 게임 끝이야."

"우와, 신난다~. 4단계라더니 정말 쉬운데?"

핑덕이의 말에 모몽이와 코코, 보리 모두 기뻐한다. 그리고 서둘러 동굴 밖으로 빠져나갈 길을 찾았다. 그러다 바람이 통하는 좁은 통로를 발견하고 신나는 발걸음으로 그 길로 동굴을 빠져나가기 시작했다.


얼마나 걸었을까? 금방 밖으로 나갈 것 같았는데 길이 열린 듯 막히고, 막히는 듯하다 다시 길이 보이면서 한참을 걷게 되었다.

"이상해, 애들아! 마치 누군가가 우리를 일부러 유인하는 것 같은 생각이 들어."

앞서 걸어가던 핑덕이가 걸음을 멈추고는 친구들을 바라보며 말한다.

"유인까지는 모르겠지만, 점점 느낌이 안 좋아지는 건 확실해."

코코와 모몽이, 보리까지 이유를 알 수 없는 불안감이 들기 시작하자 모두 잠시 서서 어떻게 할지 의논했다. 하지만 다시 되돌아가기도 어렵고, 일단 앞에 보이는 길이 있으니 조금 더 가보기로 하고 다시 걸음을 옮겼다. 그리고 얼마 안 가 밝은 빛이 비치는 큰 입구가 보이자 크게 기뻐하며 모두 그곳으로 뛰어갔다.


"으앗, 눈부셔!"

어두 컴컴한 좁은 길을 따라 한참을 걷다 갑자기 밝은 곳으로 나온 핑덕이와 친구들은 질끈 감았던 두 눈을 서서히 떴고, 모두 깜짝 놀란다.

눈 앞에는 하늘 높이 천장이 뚫려 햇살이 쏟아져 내리는, 둥근 모양으로 사방이 막혀 있는 커다란 공간이 보였다. 그리고 좀 더 자세히 살펴보니 벽면에 희미하게 네모난 문들이 중간중간 있었는데, 핑덕이와 친구들이 들어

오자 문들이 저절로 열리며 해골 병사들이 쏟아져 나왔다. 그리고 눈 깜짝할 새에 핑덕이와 모몽, 보리, 코코를 에워싸고 공격할 자세를 취하고 있었다.

"얘들아, 우리 함정에 빠진 것 같아."

코코가 긴장한 목소리로 말하자,

"응, 진짜 함정이 맞는 것 같아. 우리가 들어온 입구가 어느새 사라졌어."

모몽의 말에 모두 놀라 뒤를 돌아보니 분명 방금까지 뚫려 있던 입구가 언제 그랬냐는 듯 바위로 빈틈없이 막혀 있었다.

"괜찮아, 얘들아. 우리 능력 아이템도 얻었고, 아우라 스톤에 킹 스노맨 소환카드도 있으니까."

씩씩한 핑덕이의 말에 근심 가득했던 친구들의 얼굴에 살짝 자신감이 스친다.

"그러네? 능력 아이템까지 있으니까 우리 아주 강해졌겠지?"

"맞아, 난 어서 빨리 시험해 보고 싶어."

"숫자만 많을 뿐 엄청 약했으니까, 아우라 스톤을 쓰면 금방 이길 것 같아."

금세 자신감을 되찾은 핑덕이와 친구들은 눈에 보이는 해골 병사들과 싸우기로 마음먹었다.

그런데 그때….

바닥에서 서서히 진동이 일기 시작하더니 벽이 저절로 갈라지며 마치 퍼즐을 끼워 맞추듯 움직이면서 동굴 전체가 살아 있는 듯 꿈틀거렸다.

그러고는 곧 강진이 온 것 같은 큰 울림과 동시에 사방의 바닥과 벽, 천장이 갈라지고 부서져 내렸다. 그러더니 커다란 바위와 흙덩어리들이 마치 자석에 이끌려 가듯 한 곳으로 모여 들러붙으면서 동굴 전체가 사람의 형상으로 변하고 있었다.

바로 앞도 보이지 않을 만큼 흙먼지가 일어 도대체 무슨 일이 일어나고 있는 것인지 알 수 없었다. 한참 후 흙먼지가 가라앉으면서 4단계 섬을 지키고 있는 존재가 드러났다.

"저… 저게 뭐야…?"

"설마 저게 킹 스톤 몬스터?"

"진짜… 어마어마하게 크다….”

"우리 이제 여기서 끝인 거야?"

핑덕이와 코코, 모몽, 보리는 조금 전의 자신감을 잃은 채 자신들이 상대해야 할 거대한 크기의 킹 스톤 몬스터를 바라보고만 있었다.

그리고 그때 모여 있던 해골 병사들이 일제히 달려들기 시작한다.

"끼기기긱~~." 해골 병사들이 움직일 때마다 나는 기괴한 소리가 울려 퍼지며 핑덕이와 친구들에게 덤벼들었고, 곧바로 싸움이 시작되었다.

"으아악! 얘들아, 아우라… 아우라 스톤을 꺼내서 써~."

핑덕이가 칼과 창을 휘두르며 달려오는 해골 병사들을 향해 남색 아우라 스톤을 던지며 친구들에게 외쳤다.

핑덕이가 던진 남색 아우라 스톤은 공중에서 번쩍하고 빛을 내며 큰 돌풍을 일으켜 한 무리의 해골 병사를 날려 버렸다. 그러자 옆에 있던 모몽이도 빨간색의 아우라 스톤을 던져 큰불을 내어 자신을 포위하고 있던 해골 병사들로부터 탈출했다.

코코는 아우라 스톤 없이 마치 권투를 하듯 자신에게 다가오는 해골 병사들을 주먹으로 쳐내고 있었다. 그리고 그런 코코의 머리 위에 앉은 보리는 사방에서 달려오는 해골 병사들의 위치를 큰 소리로 외쳐 알려주면서 하나둘씩 아우라 스톤을 토해 내어 친구들을 위협하는 해골 병사들에게 던진다. 하지만 해골 병사들의 숫자는 너무 많았다.

이대로 가면 위험하다. 더구나 아직 미동도 하지 않고 이 상황을 바라만 보고 있는 킹 스톤 몬스터가 움직이기 시작하면 승산은 없을 것이다.

"얘들아, 시간이 없어!"

쉬지 않고 밀려드는 해골 병사들과 싸우느라 제한 시간을 잊고 있었는데, 보리가 공중에 떠 있는 시계를 확인하고는 친구들에게 알렸다.

"정말이야, 이제 40분밖에 남지 않았어!"

"시간 안에 아이템 가게로 크리스털 풍뎅이를 가져가지 못하면 이대로 게임 끝이야~."

"설마 우리가 시간을 모두 쓸 때까지 기다리는 걸까?"

끊임없이 밀려오는 해골 병사들 때문에 조금씩 지쳐가고, 각자 가지고 있던 아우라 스톤도 절반을 써 버린 상태였다.

"얘들아! 아이템 가게, 아이템 가게를 찾아야 해~."

코코가 주위에 있는 바위들을 해골 병사들에게 집어던지며 외친다.

"알고 있다고! 하지만 이 포위를 뚫을 수가 없어!"

"으아악~ 얘들아, 도와줘!"

갑자기 들려온 모몽이의 비명 소리에 놀라 쳐다보니 모몽이의 꼬리에 많은 해골 병사가 달라붙어 자기들 쪽으로 끌어당기고 있었다.

"모몽아~!"

모두가 모몽이를 도와주려 뛰어간다. 이 모습을 보던

다른 해골 병사들도 함께 그 방향으로 모여들어 서로 엉키고 엉키어 물고 뜯고 쳐내고, 맞고, 구르고, 넘어지는 난장판이 되었다.

"으앗~! 안 돼, 크리스털 풍뎅이가~!"

그때 코코가 당황해하며 소리친다.

절벽 아래로 떨어졌을 때 발견한 크리스털 풍뎅이는 모몽이가 꼬리를 이용해 꽉 묶어서 가지고 있었다. 그런데 해골 병사들이 모몽이의 꼬리를 앞뒤로 마구 잡아당겨 느슨해지는 바람에 크리스털 풍뎅이가 하늘 높이 날아올랐다.

모두가 놀라 일제히 날아오른 크리스털 풍뎅이를 쳐다보고 있을 때, 높이 날아오른 크리스털 풍뎅이는 마치 자기 집을 찾아간 듯 킹 스톤 몬스터 이마에 앉는다.

"큰일 났다⋯."

보리가 울먹이며 친구들을 바라본다.

하지만 당황스러움도 잠시, 이마에 크리스털 풍뎅이가 앉자마자 그동안 미동도 없었던 킹 스톤 몬스터가 서서

히 움직이기 시작했다.


쿵! 쿵! 쿵!

온몸이 거대한 바위들로 이루어진 킹 스톤 몬스터가 걸음을 옮길 때마다 땅이 크게 울렸다.

그러다 갑자기 '꾸어어억~!' 하는 괴성과 함께 한 팔을 핑덕이와 친구들을 향해 뻗자, 팔을 이루고 있던 크고 작은 바위들이 날아들어 인정사정없이 공격했다. 그러고는 다시 자석에 이끌리듯 킹 스톤 몬스터에게 달라붙어 팔 모양으로 되돌아가기를 반복했다.

"얘들아, 피해~!"

너무나 갑작스러운 상황에 모두가 놀라 사방으로 뛰어 구른다.

"으아악~!"

날아드는 바위들을 피해 간신히 몸을 일으키기도 전에 다시 공격이 가해지자 핑덕이와 코코, 모몽이와 보리는 정신을 차릴 수 없었다.

"빨리 킹 스노맨을 소환해~!"

모뭉이가 도망치며 목청껏 소리치자, 그 소리를 들은 보리가 외친다.

"킹 스노맨 소환~~~!"

있는 힘을 다해 보리가 킹 스노맨을 소환하자 주위가 갑자기 어두워지며 하나둘 눈발이 날리더니 금세 눈보라가 휘몰아쳤다. 그렇게 나타난 킹 스노맨이 자이언트 스노맨들과 쏟아지듯 소환된 크라잉 스노볼들과 함께 순식간에 핑덕이와 친구들 뒤로 섰다. 갑자기 등장한 킹 스노맨 군대에 놀란 해골 병사들과 킹 스톤 몬스터도 공격을 멈추고 서 있었다.

"얘들아, 시간이 없어. 킹 스노맨이 싸워주는 동안 우리는 무슨 수를 써서라도 크리스털 풍뎅이를 되찾아야 해."

핑덕이가 이제 30분밖에 남지 않은 시간을 확인하며 친구들에게 말한다.

"최대한 킹 스톤 몬스터 가까이 가야 해. 그러면 기회가 생길 거야."

"응, 아직 끝난 게 아니니까….

"엄청 무섭지만… 해보자."

코코도 모몽이도 보리도 더 이상 물러설 수도, 시간을 지체할 수도 없다는 것을 알고 있었기에 마음을 다잡는다.

그리고 그때 잠시 상황 파악에 나섰던 킹 스톤 몬스터와 해골 병사들이 다시 공격하며 달려들었다. 그러자 이를 본 킹 스노맨 군대들과 핑덕이와 친구들도 맞서 달려나가며 순식간에 거대한 전쟁이 시작되었다.

"꾸애애애앵~~~ 꾸애애앵~~~."

크라잉 스노볼들이 큰 울음 소리를 내며 해골 병사들에게 덤벼들자, 해골 병사들이 창과 검을 마구 휘두르며 맞섰다. 하지만 뒤따라온 자이언트 스노맨들이 커다란 발로 해골 병사들을 과자 밟듯 부수면서 킹 스톤 몬스터에게 돌진했다. 그리고 그 뒤를 핑덕이와 코코가 몸을 숨기며 따라간다.

그렇게 스노볼들과 자이언트 스노맨에게 해골 병사들

이 밀리고 있을 무렵, 킹 스톤 몬스터가 '우어어억~~~' 하는 엄청난 괴성을 지르며 입을 크게 벌렸다.

그러자 날카롭게 깎인 수많은 돌조각이 날아와 스노볼과 스노맨들을 공격했다.

돌조각이 몸에 박힌 스노볼과 자이언트 스노맨들이 반으로 쪼개지거나 눈으로 만들어진 팔다리가 부서져 버렸다. 그러자 그때까지 가만히 공중에 떠 있던 킹 스노맨도 두 팔을 휘둘러 닿으면 모두 얼음으로 변하는 액체를 쏟아내어 수많은 해골 병사와 날아오는 돌조각들을 얼려 버렸다. 그리고 곧바로 킹 스노맨은 직접 킹 스톤 몬스터에게 날카로운 얼음 조각이 박힌 큰 눈덩이를 만들어 던졌다. 킹 스톤 몬스터는 이를 미처 보지 못하고 눈덩이에 맞아 휘청인다.

"얘들아, 지금이야~. 앞으로 달려."

평덕이가 소리치자 코코와 모몽, 보리가 킹 스톤 몬스터에게 뛰어간다. 그리고 코코가 친구들에게 외친다.

"내가 킹 스톤 몬스터를 넘어뜨릴게. 그때 크리스털 풍뎅이를 잡아와."

"응, 부탁해. 코코야~!"

친구들의 응원에 코코가 용기를 내어 오른쪽 손등의 능력 아이템 별 모양을 터치했다. 그러자 곧바로 온몸에 푸른빛이 감돌며 몸속 깊은 곳에서부터 힘이 끓어오르는 것이 느껴졌다.

"으아아아아~~~!"

코코는 온 힘을 다해 눈덩이 공격에 아직 당황해하고 있는 킹 스톤 몬스터의 한쪽 다리를 들어 올렸다. 그러자 휘청이던 킹 스톤 몬스터가 완전히 균형을 잃고 뒤로 쿵 하는 소리와 함께 넘어졌다. 그 순간을 놓치지 않고,

"그럼 이번에는 내 차례야." 하며 보리가 별 모양이 있는 이마를 바닥에 터치하자 순식간에 모습이 투명하게 변하며 엄청나게 빠른 속도로 킹 스톤 몬스터 얼굴로 뛰어 올랐다. 그리고 킹 스톤 몬스터의 이마에 붙어 있던 크리스털 풍뎅이를 입에 물고 친구들이 있는 쪽으로 다시 뛰어오는 데 성공했다.

하지만 곧 정신을 차린 킹 스톤 몬스터가 자리에서 일어나 공격하려 하자, 모몽이도 자신의 별 모양을 터치해 강철같이 단단한 고무줄로 변한 꼬리와 팔다리를 이용해 킹 스톤 몬스터의 목을 감고 반대쪽에서 끌어당겼다. 그러자 일어나려 했던 킹 스톤 몬스터가 다시 넘어진다.

"이때야! 얘들아, 빨리 도망쳐~."

모몽이의 힘겨운 외침에 펭덕이와 코코, 보리는 크리스털 풍뎅이를 들고 한창 뒤섞여 싸우고 있는 해골 병사와 크라잉 스노볼, 자이언트 스노맨들을 가로질러 반대로 달리기 시작한다.

"모몽이는~ 모몽이는 어떡해!"

보리가 울먹이며 묻는다.

"지금은 빨리 이 크리스털 풍뎅이를 아이템 가게로 가져가는 게 먼저야."

코코도 눈물을 꾹 참으며 말했다.

"시간이 없어~. 이대로 끝내면 우리 모두 끝이야. 정신 차려!"

핑덕이도 모몽이의 걱정을 뒤로하고 앞으로 달려 나가며 소리쳤다. 그리고 그사이 모몽이는 킹 스톤 몬스터에게 도망치지 못하고 사로잡혀 돌이 된 채 부서져 버리고 만다.

그리고 크리스털 풍뎅이를 다시 빼앗긴 킹 스톤 몬스터는 이제 장난은 끝났다는 듯, 발을 높이 들어 땅을 내리쳤다. 그러자 지진이 일어난 것처럼 순식간에 땅바닥에 큰 금이 가며 갈라지고, 벌어진 틈 사이로 크라잉 스노볼들과 자이언트 스노맨들이 추락해 버린다.

하지만 킹 스톤 몬스터는 공격을 멈추지 않았다. 곧바로 손뼉을 크게 치자 주위 산에 있던 큰 돌과 흙덩어리들이 마구 날아들며 킹 스노맨 군대와 아이템 가게를 찾아 뛰는 핑덕이와 코코, 보리를 향해 공격을 퍼부었다.

많은 크라잉 스노볼과 자이언트 스노맨이 이 공격에 몸이 부서져 버렸고, 눈 깜짝할 새에 전세가 뒤바뀐다. 이에 질세라 킹 스노맨도 몸을 공중에 띄워 눈 폭풍을 일으키며 고드름 창을 만들어 킹 스톤 몬스터를 공격했다.

하지만 또다시 발을 크게 굴러 땅속 깊이 박혀 있던 거대한 바위를 솟아오르게 해 킹 스노맨의 공격을 막았다. 그리고 곧바로 흙 모래바람을 일으켜 킹 스노맨과 남아 있던 자이언트 스노맨들을 흙으로 덮어 버린다. 그리고 두 팔을 뻗어 흙 속에 묻힌 킹 스노맨을 부숴 버렸다.

"큰일 났어! 킹 스노맨이 당했어~."

"빨리 아이템 가게를 찾아야 해~."

"도대체 어디에 있는 거야~?"

킹 스노맨의 군대를 모두 없애 버린 킹 스톤 몬스터가 펑덕이와 친구들을 뒤쫓아 달렸다. 친구들은 킹 스톤 몬스터에 대한 두려움과 빨리 게임을 끝내야 한다는 조바심에 정신을 차릴 수 없었다. 그리고 제한 시간은 어느덧 6분 정도만 남아 있었다.

그때 크리스털 풍뎅이를 손에 꼭 쥐고 달리던 코코가 초록색 줄무늬 천막이 쳐진 아이템 가게를 발견했다.

"펑덕아, 보리야~! 저기, 저 언덕 위에 아이템 가게가 있는 것 같아~." 하며 방향을 가리킨다.

"진짜다! 저곳으로 무조건 뛰자."

젖 먹던 힘까지 모아 아이템 가게로 향하는 핑덕이와 코코, 보리에게 희망이 생긴 그때, 킹 스톤 몬스터의 눈에도 아이템 가게가 보였다. 그리고 그곳을 향해 달리는 핑덕이와 코코, 보리가 있는 방향으로 또 한 번 괴성과 함께 발을 쿵쿵쿵 굴렀다. 그러자 역시 큰 지진이 일어나 땅바닥이 갈라지며 땅 위에 있는 모든 것을 땅속 아래로 끌어내렸다.

하지만 요리조리 피해 도망치는 핑덕이와 친구들을 보자, 킹 스톤 몬스터는 두 팔을 쭉 뻗어 한 번씩 주먹을 쥐었다 폈다. 그럴 때마다 총알처럼 박히는 수많은 돌화살이 뿜어져 나왔다.

"코코야, 조심해~!"

날아오는 돌화살을 피해 바닥에 구르며 핑덕이가 코코에게 외친다.

"으앗~ 보리야!"

간신히 위험을 피한 코코가 앞으로 넘어지면서 어깨에

타고 있던 보리가 앞으로 튕겨 나갔다.

하지만 보리는 얼른 일어나서 뒤를 돌아 친구들에게 가려고 살짝 튀어 올랐다. 그런데 그때 날아든 돌화살에 맞아 버린다.

"안 돼, 보리야~~!"

"보리야~!"

핑덕이와 코코가 도움도 주기 전, 보리는 돌 화살을 맞자마자 모래처럼 부서져 흔적도 없이 사라져 버렸다.

핑덕이와 코코는 너무나 순식간에 일어난 일들에 정신을 못 차린 채 주저앉아 있었다. 킹 스톤 몬스터는 이 기회를 놓치지 않고 두 팔을 교차해 거대한 바위를 만들어 내어 핑덕이와 코코에게 던졌다. 이것을 먼저 본 코코가 핑덕이를 일으켜 세워 크리스털 풍뎅이를 건네며 말한다.

"핑덕아, 아이템 가게까지 얼마 남지 않았어. 알지?"

코코가 결심한 듯 말하자, 두 눈 가득 눈물이 고인 핑덕이가 고개를 끄덕인다.

그리고 뒤돌아보지 않고 전속력으로 아이템 가게를 향

해 뛰었다. 그런 핑덕이 뒤에서 킹 스톤 몬스터가 만들어 날린 거대한 바위를 바라보며 코코는 다시 한번 손등의 별 모양을 터치한다.

"으아아아~~."

코코는 기합 소리와 함께 온몸으로 날아온 바위를 받아낸다. 하지만 킹 스톤 몬스터가 날린 거대한 바위는 너무나 무거웠다. 서서히 밀리던 코코는 결국 바위에 깔려 돌가루로 흩어져 버렸다.

직감적으로 코코가 당했다는 것을 느낀 핑덕이는 두 눈을 꼭 감은 채 반드시 이 게임에서 승리하겠다고 다짐한다. 그러나 어느새 핑덕이의 뒤를 바짝 쫓아온 킹 스톤 몬스터와 해골 병사들.

아이템 가게가 있는 언덕을 오르고 있는 핑덕이를 잡기 위해 킹 스톤 몬스터는 돌로 이루어진 거대한 검을 만들어 힘껏 땅을 내리쳤다. 그러자 지금껏 본 적 없는 엄청난 울림과 함께 통째로 땅이 꺼지고 주위 산들이 내려앉았다. 킹 스톤 몬스터의 공격을 피할 수 없었던 핑덕이

도 갈라진 땅 틈으로 떨어진다. 하지만 재빨리 날개에 있는 별 모양을 터치한 핑덕이.

순간 온몸에 노란빛이 돌며 순식간에 로켓이 쏘아지듯 하늘 높이 솟아오른 핑덕이는 품 안에 크리스털 풍뎅이를 안고 아이템 가게 지붕이 보이는 곳에서 급하강했다. 이를 막아서려는 킹 스톤 몬스터는 황급히 수많은 돌화살을 비처럼 뿌렸다. 제한 시간은 겨우 10초만 남아 있었다.

"으아아~ 우리는 절대 지지 않아~!"

핑덕이는 친구들을 떠올린다.

그리고 마침내 킹 스톤 몬스터의 마지막 공격을 피해 제한 시간 6초를 남기고 아이템 가게의 천막을 찢고 안으로 떨어져 바닥에 구른다.

'우당탕탕!' 아이템 가게로 떨어진 핑덕이는 재빨리 일어나 꼭 쥐고 있던 크리스털 풍뎅이를 타오르는 불꽃 모습의 4단계 아이템 가게 주인에게 내밀며 크게 외친다.

"여기요, 크리스털 풍뎅이! 빨리 제 친구들을 살려주세요!"

그런 핑덕이를 바라보며 아이템 가게 주인이 "축하합니다. 골든 미션을 성공하셨습니다!" 하고 말했다.

그러자 제한 시간을 알리던 시계는 3초를 남긴 채 멈춰섰다. 핑덕이를 쫓아 아이템 가게로 달려오던 킹 스톤 몬스터는 자신이 이끌던 수많은 해골 병사와 함께 순식간에 사라졌다. 그리고 돌가루로 변해 사라졌던 모몽이와 보리, 코코도 서서히 원래의 모습을 되찾았다. 모두가 핑덕이의 이름을 부르며 아이템 가게로 달려온다.

"핑덕아~~!"

"핑덕이가 해냈구나~."

"와아아, 살았다~."

달려와 서로를 끌어안은 친구들은 눈물과 콧물이 뒤섞인 얼굴로 크게 웃으며 기뻐하느라 정신이 없었다.


그때 "저, 여러분~!" 하며 핑덕이와 친구들을 부르는 아이템 가게 주인의 목소리에 모두가 놀라 뒤돌아섰다. 그러자 빨간색과 노란색이 섞인 작은 횃불 같은 얼굴에 팔 없는 양손을 모으고 있는 4단계 섬의 아이템 가게 주인이 서 있었고, 그 주위로 반짝이는 크리스털 풍뎅이가 빙글빙글 돌며 날고 있었다.

"모든 게임의 미션을 성공한 여러분 정말 축하드립니다. 저는 4단계 섬의 아이템 가게를 지키고 있는 리멘이라고 합니다." 하며 차분한 목소리로 먼저 인사했다.

핑덕이와 친구들도 입을 모아 "안녕하세요, 리멘 님! 만나서 반갑습니다~." 하고 밝고 크게 인사했다.

하지만 4단계 섬의 아이템 가게 주인은 이전의 다른 아이템 가게 주인들과는 달리 인사도 받지 않고 웃지도 않았다. 그냥 차갑고 낮은 목소리로 알려줘야 할 것들에 대해서만 설명을 이어나갈 뿐이었다.

"우선 이곳의 골든 미션이자, 최종 미션인 크리스털 풍뎅이를 잡아오는 데 성공하셨습니다. 그 혜택으로 3단계 섬의 킹 스노맨처럼 킹 스톤 몬스터와 그의 군대를 모두 소환해 사용할 수 있는 카드가 주어집니다."라고 말하며

손가락을 튕겼다. 그러자 공중에서 밝은 빛과 함께 킹 스
톤 몬스터 모습이 담긴 카드가 생겼다 사라진다.

"사용 방법은 모두 알고 계실 테니 다음으로 넘어가겠
습니다."라고 말하자 보리가 아주 작은 목소리로 펑덕이
에게 소곤거린다.

"저분은 좀 무서운 것 같아….."

"응, 앞에 아이템 가게 주인들과는 좀 다르네….." 하며
펑덕이도 작게 대답했다.

"두 번째로 여러분에게 드리는 건 최종 단계에 있는 붉
은 용의 성 내부 안내도와 가야 할 방향이 표시되어 있는
지도, 그리고 용을 잠들게 할 수 있는 수면 가루입니다."

이렇게 말하며 '딱딱' 두 번 손가락을 튕기자
허공에서 갑자기 돌돌 말린 지도와
함께 수면 가루가 가득 담긴 빨
간색 주머니가 나타났
다. 그것을 본 코코와
모몽이가 얼른 지도와

주머니를 잡는다.

그리고 그 모습을 바라보던 리멘이 핑덕이와 친구들 등 뒤에 나타나 있던 5단계 섬으로 가는 문을 열려고 했다. 그 순간, 핑덕이가 용기를 내어 손을 번쩍 들고 질문했다.

"저, 리멘 님! 궁금한 게 있습니다~."

라멘은 핑덕이의 외침에 잠시 행동을 멈추고 "질문인가요? 네, 물어보시죠."라고 말했다.

"저희는 몬스터 캔디를 먹고 모습이 변한 친구 때문에 여기까지 온 거예요. 정말 5단계 섬 어딘가에 천사의 열매인 엔젤 아이가 있나요?"

핑덕이의 물음에 코코가 미안함과 고마움이 담긴 눈빛으로 친구들을 바라본다.

"엔젤 아이를 찾으신다고요? 그렇군요~."

잠시 뜸을 들이던 리멘은 "5단계 섬은 전체가 용의 성으로 이루어져 있습니다. 그리고 아마 엔젤 아이가 열리는 나무는 성 외곽 맨 끝에 있는 정원에 있을 것입니다."

하며 엔젤 아이가 있는 곳을 알려주었다.

　그러자 친구들 모두가 코코를 바라보며 웃었다. 잠시 기다리던 리멘은 다시 낮은 목소리로 물었다.

　"자, 그럼 5단계 섬으로 가는 문을 열어도 될까요?"

　리멘의 물음에 핑덕이와 보리, 모몽이와 코코는 서로를 마주 보며,

　"우리 마지막도 멋지게 승리하는 거다!"

　"당연하지~. 우리는 천하무적이라고~!"

　"조금 무섭긴 하지만 내가 없으면 안 되니까 같이 간다!"

　"얘들아, 나만 믿어~! 용은 내가 맡을 테니까~."

　각자 웃으며 한마디씩 말했다. 그런 후 핑덕이는 어깨 위에 보리를 태우고 서로의 손을 꼭 잡고 입을 모아 함께 크게 대답했다.


　"네, 준비되었습니다! 이제 문을 열어주세요~!"

　"좋습니다. 그럼 마지막까지 행운이 함께하시길!"

리멘이 '딱딱딱' 세 번 손가락을 튕기자 문이 활짝 열렸다. 그러더니 문 안에서 강한 바람이 불어 핑덕이와 친구들을 빨아들인다.

예상치 못한 일에 "으앗~" 하고 놀라는 사이에 거센 바람에 이끌려 순식간에 사라져 버렸다. 그렇게 페리쿨룸 게임 섬의 마지막 5단계로 가는 초록색 문이 쿵 소리를 내며 굳게 닫힌다.

그리고 문이 닫히자마자 갑자기 불꽃을 크게 키운 리멘 뒤로 1단계, 2단계, 3단계의 아이템 가게 주인들의 모습이 나타났고, 리멘은 이들을 향해 명령하듯 말했다.

"어서 깊이 잠들어 있는 붉은 용을 깨워라! 그 누구도 5단계 섬을 빠져나오게 해서는 안 된다!"

그러자 3명의 아이템 가게 주인들은 "네, 알겠습니다!" 하고 공손히 대답한다.

그리고 순서대로 모습을 감추었다.

아이템 가게 주인들이 모두 사라진 뒤에도 한동안 생각에 빠져 있던 리멘 역시 잠시 후 스르륵 사라져 버린다.

# /// 김연주 ///

매일매일 하늘을 올려다보며 수많은 상상을 하던 아이가 자라서
이야기를 그려내는 일을 하고 있습니다.
오랜 친구처럼, 다정한 이웃처럼 삶을 함께하는 글과 그림을 위해
오늘도 열심히 하늘을 바라보고 있습니다.
《빨간모자 요정 이야기》, 《우리 오빠는 바보 히어로》, 《내 동생은 얄미운 지니어스》,
《쟤는 누구야?》, 《게임섬 페리쿨룸 시리즈》를 쓰고 그렸습니다.

## 게임섬 페리쿨룸 ❹
## 크리스털 풍뎅이를 잡아라!

**초판 1쇄 발행** 2024년 11월 30일
**지은이** 김연주      **펴낸이** 이지은      **펴낸곳** 팜파스
**진행** 이진아      **편집** 정은아      **디자인** 박진희      **마케팅** 김민경, 김서희

**출판등록** 2002년 12월 30일 제10-2536호
**주소** 서울시 마포구 어울마당로5길 18 팜파스빌딩 2층
**대표전화** 02-335-3681      **팩스** 02-335-3743
**홈페이지** www.pampasbook.com | blog.naver.com/pampasbook
**인스타그램** www.instagram.com/pampas_school
**이메일** pampasbook@naver.com

값 14,000원
ISBN 979-11-7026-668-6 (74810)
ISBN 979-11-7026-577-1 (74810) 세트